Cafes
architecture
& interiors

咖啡厅
建筑和室内设计

LOFT Publications
陕西师范大学出版社

ZITO 迷你建筑设计丛书

　　这套丛书对近期出现的优秀建筑作品作了一次全面的总结。它将现代流行的商用及居住空间分为10个大类，在结合各类空间特性的基础上，对每一设计详加评述和分析。该丛书不仅涉猎甚广，更真实反映了国际流行的设计思潮，展现了最具诱惑力的设计语言。

1. 休闲场所–建筑和室内设计
2. 酒吧–建筑和室内设计
3. 餐厅–建筑和室内设计
4. 咖啡厅–建筑和室内设计
5. 住宅设计
6. 阁楼
7. 极简主义建筑
8. 办公室
9. 水滨别墅
10. 小型住宅

Cafes
architecture
& interiors

咖啡厅
建筑和室内设计

⁝ 马林咖啡厅／Marlin

➡ 　马林咖啡厅位于同名的旅店之中，然而厅内壮观的未来派装饰线条却绝非借鉴于建筑外部风格。马林旅店的历史可追溯到 1939 年，是一座呈现着装饰艺术风格的建筑。这座历史建筑在新的改建之中设置了一系列温馨实用的空间，每个角落都充斥着前卫的设计意味。它位于迈阿密最繁忙地区之一，离海滩很近，周围被很多餐馆、夜总会和商行包围。

➡ **设计**：巴巴拉·胡兰尼基　　　　　➡ **摄影**：© 派帕·伊斯考达
　　　 Barbara Hulanicky　　　　　　　　　　 Pep Escoda

➡ **地点**：美国 迈阿密 伊斯特多斯　尤内多斯
　　　 Miami，Estados Unidos

　　　　咖啡厅内部不同层次的空间，创造了庄重、富于持续感和动感的气氛。

∴ 康德纳斯特自助餐厅/Condé Nast

⊙ 美国纽约康德纳斯特出版公司所在大厦的第4层，有一座充分传达了建筑师富兰克·欧·格利精妙创造力的自助餐厅，它在难以突破的传统建筑形式下形成变化，证明了格利在这一领域的才华。具有不可思议外形的玻璃墙将主要区域围合起来，使顾客形成一种强烈的感受，仿佛进入一个前卫派的艺术境界。

⊙ **设计：**富兰克·欧·格利
Frank O. Gehry

⊙ **摄影：**© 爱德华·胡博
Eduard Hueber

⊙ **地点：**美国 纽约

10

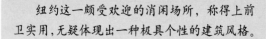
纽约这一颇受欢迎的消闲场所，称得上前卫实用，无疑体现出一种极具个性的建筑风格。

⫶ 棕榈屋咖啡厅/Palmenhaus Café

➡ 维也纳皇家公园内的棕榈屋咖啡厅（酒吧、餐厅）确实是相当壮观的。1899—1906年，由建筑师弗莱德里奇·欧曼设计的咖啡厅建于舍恩布龙宫之内，是一座富丽堂皇的钢筋、玻璃建筑结构。19世纪时，它作为维也纳中心一个热带温室，被视为秀美环境中的一座建筑奇观。它的建筑风格受到特纳（Turner）于1848年兴建的著名温室——伦敦西郊国立植物园的影响。这座建筑曾一度被废弃，直至市政当局决定重新开发它的胜景为大众服务。

➡ **设计**：伊沁格—奈丘建筑工作室
   Eichinger oder Knechtl

➡ **摄影**：© 马格利塔·斯皮卢蒂尼
   Margherita Spiluttini

➡ **地点**：奥地利 维也纳

这里提供150多种饮料，是一座颇具意大利
风情的餐饮场所，吸引了大批客人光顾。

∴ 丹丝苔德酒吧 /Dennstedt

➡️ 这个有高度适应性酒吧的设计师，将其作品称为丹丝苔德。它坐落在维也纳的繁华地区，随着日月流逝，它现在既是酒吧、咖啡厅，同时也提供各种套餐。室内装修显示了这种种不同的功能，而且经常随举行的活动变化。丹丝苔德酒吧位于街角一座公寓的一层，建筑师们在设计之前仔细考虑了客观条件的各个细节，比如高达5米的层高以及空间内分布的柱子。

➡️ **设计**：沃纳·拉奇与克劳迪亚·康尼格　　➡️ **摄影**：© 马格利塔·斯皮卢蒂尼
　　　　Werner Larch & Claudia König　　　　　　Margherita Spiluttini

➡️ **地点**：奥地利 维也纳

光线、材料、质地以及色彩的运用定义了丹丝苔德这个温馨亲切的前卫场所。典雅、高品位的气氛弥漫在整个酒吧当中。

⫶ 独立咖啡厅 / Café Indépendants

➔ 每当客人走进这座独立咖啡厅，立刻就会被它的艺术魅力所包围，好像跨越了时间的障碍，回到另外一个年代——20世纪40年代。咖啡厅位于京都的中心区域，过去这里曾有一座日本当代建筑大师武田吾一 (Takeda Goichi) 于1928年建造的大楼，该大楼原本是一家报社的总部，由于年久失修而废弃，后来几乎变成废墟，美术家尾山一孝 (Oyama Ikko) 反对拆除这座大楼，在一楼开设了一个画廊，他和建筑师若林博吉都把它看作是宝贵的文化遗产，重新恢复了它的结构，并将其改建为一个集文化和休闲为一体的艺术空间。

➔ **设计：**若林博吉
Wakabayashi Hiroyuki

➔ **摄影：**© 小笠原吉子
Ogasawara Yoshihiko

➔ **地点：**日本 京都

如果要找到一个最恰当的词来形容这里运用的美学观念和建筑装饰手法，那它一定就是"再循环"。

∴ 凯旋咖啡厅 / *Gloriette*

➡ 凯旋咖啡厅设在极具皇家风范的维也纳夏宫，被五光十色的花园和秀丽风景所围绕。毫无疑问，它是整个奥地利中最美的一座咖啡厅。1692年，费舍·冯·埃尔拉赫 (Fischer Von Erlach) 设计了第一座宫殿（就是现在的咖啡厅所在的宫殿）。随着时代的变迁，原咖啡厅经历过多次修缮，1948—1951年，毁于轰炸的凯旋咖啡厅被重修，1993—1995年，又在建筑家雷纳·埃斯特尔 (Reinhard Eisterer) 指导下经过大规模修葺，1996年时终于形成了现在的风貌。

➡ **设计：** 弗兰西斯科·乌理曼
Franziska Ullmann

➡ **摄影：** © 马格利塔·斯皮卢蒂尼
Margherita Spiluttini

➡ **地点：** 奥地利 维也纳

咖啡厅一端设有一个矩形空间模块，对室内空间的组织起着决定性的作用。

⋮ 咖啡店/The Coffee Store

➡ 设计连锁快餐咖啡店的形象不是一件轻而易举的事情。阿泽斯坦建筑工作室最终承担下这个建造漂亮咖啡世界的任务。首先，由奥尔托帕勒莫咖啡店作为整个系列的样板，营造了一个活泼动人的空间，建造混凝土空间以及那些不够彻底的设计方案都遭到了否决。阿泽斯坦工作室决意要营造一个环境，它建立在任何地点都能让人们迅速地认同该集团的特点。因此，这些小店形象的建立只是一个很小的部分，更大的工程在于如何以咖啡为主题，不断给人们的生活带来新的理念。

➡ **设计：** 丽利安娜·阿泽斯坦、亚雷汉德罗·阿泽斯坦、玛丽亚·佳尔赞·马希达
　　　　Liliana & Alejandro Aizerstein, María Garzón Maceda

➡ **摄影：** © 索萨·皮尼拉　　　　　➡ **地点：** 阿根廷 布宜诺斯艾利斯
　　　　Sosa Pinilla

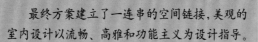

最终方案建立了一连串的空间链接，美观的室内设计以流畅、高雅和功能主义为设计指导。

⁝ 拉瑞奥斯咖啡厅/Larios Café

➥ 波普艺术，密斯·范德罗提倡的简洁、理性主义的纯粹化主张，新艺术运动奇特的主题，先锋运动及工业化的建筑风格，这一切体现出的创造活力与色彩的迸发之间有无共通之处？密斯·范德罗的思想是启发托马斯·阿利亚的源泉，在设计拉瑞奥斯咖啡厅时形成一种含蓄的混合风格。该咖啡厅的要求是能够产生变化，以满足不同阶层的需求。阿利亚在工作中充分享受着绝对的创造自由，最终形成了这样一个引人入胜的空间，它的风格与纽约许多最流行的酒吧都有相似的地方。

➥ 设计：托马斯·阿利亚
Tomás Alía

➥ 摄影：© 利卡多·拉波格尔
Ricardo Labougle

➥ 地点：西班牙 马德里

折衷主义是一个社会现实，拉瑞奥斯咖啡厅充分代表了这个特点。它的装饰风格反映了这条街道的文化多元性，体现着新世纪的审美观念。

∴ 塘鹅餐厅 /Pelican

➡ 塘鹅餐厅所处的角落夹于墨尔本湾的住宅区以及一条最繁华的大道之间，它的独特位置，恰当地烘托了该餐厅的特有风格。一眼望去，塘鹅餐厅好像是一节老旧的车厢，六度有限公司建筑工作室的职员们，认为无需改变原有的建筑细节（在技术上，它们将给改建计划带来麻烦），而是竭力利用它们积极的方面。

➡ **设计**：六度有限公司　　　　　　　➡ **摄影**：© 仙妮亚・舍格丁
　　　　　Six Degrees Pty Ltd　　　　　　　　　　　Shania Shegedyn

➡ **地点**：澳大利亚　墨尔本

塘鹅餐厅是一处融和了过去与现在的温馨场所，洋溢着轻松、和谐的气氛。

﹕ 天惠咖啡厅/Favorit

➡ 天惠咖啡厅表现了对爱丁堡的意大利式咖啡馆的崇敬，也保留必要的纽约风味，还带有传统东欧咖啡馆的特点，它坐落于爱丁堡市中心一条最繁华的街道街角，也提供酒吧和餐厅的营业项目。天惠咖啡厅的营业时间很长，与大多数英国咖啡厅不同，其目的就是使顾客在任何时间都能获得所需服务。正因如此，这里几乎成为一个社会活动中心，人们可以在此聊天、休息，甚至交友。

➡ 设计：难以磨灭形象公司
　　　Graven Images Ltd.

➡ 摄影：© 迈克尔·琼斯
　　　Michael Jones

➡ 地点：英国 爱丁堡 Edinburg

44

天惠咖啡厅以直率的现代化手法将各种风格、质地和色彩组合在一起。

⋮ 调味咖喱咖啡厅 /Sambal Café

➡ 　调味咖喱咖啡厅中充盈的氛围融合了柔和的东方典雅与西方风情，它位于迈阿密繁华区域最具盛名的东方文华酒店之内，两种审美的和谐共存使顾客产生惬意的感受。托尼·奇负责室内设计，通过将几种纯粹风格的混合，成功地为这座咖啡厅赋予新的个性。咖啡店的命名源自印尼、马来西亚和南印度最盛产的咖喱，正是这些亚洲元素在设计时启发了托尼·奇，将遥远国家的设计思想与前卫潮流结合在一起。

➡ **设计:** 托尼·奇　　　　　　　　　➡ **摄影:** ©派帕·伊斯考达
　　　Tony Chi　　　　　　　　　　　　　　Pep Escoda

➡ **地点:** 美国 迈阿密

　　　调味咖喱咖啡厅是全天候享用咖啡的最佳场所。

:: 威尔海姆·格里尔咖啡厅/Wilhelm Greil Café

➡ 奥地利的历史古城因斯布鲁克有一栋20世纪早期的新巴洛克式别墅，威尔海姆·格里尔咖啡厅就藏身于这座别墅之中，餐厅只有约40平方米大小的空间，但因设施完善，其吸引力丝毫没有降低，在这个略呈方形的小地方，还能在室内一端挤压出更进一步的空间划分，被清晰划分开的两个区域带来了显著的优势。其中之一设为自助餐厅和酒吧，放置了几张桌子，形成细碎的个性空间，另一个小空间更显狭小，作为咖啡厅的卫生间和储藏室。连接着一个5阶楼梯，空间的流动感使门口的顾客情不自禁地继续他们的视觉之旅——咖啡厅本身。

➡ **设计：** 迪特律奇·安特瑞法勒
Dietrich Untertrifaller

➡ **摄影：** ©伊格纳西奥·马提尼
Ignacio Martínez

➡ **地点：** 奥地利　因斯布鲁克Innsbruck

威尔海姆·格里尔的主要特色就是井然的秩序和对称的美感。这两点在每个角落都能使人明显地体会出，显然，它们也是咖啡厅必需的元素。

⠇ 许瓦岑巴赫咖啡馆 /Schwarzenbach

➡ 许瓦岑巴赫咖啡馆在瑞士苏黎世中心一座建于1662年的大楼之中。这座楼房经过许多次翻修，许瓦岑巴赫咖啡馆成立于1864年，是该市最老的店铺之一。今天，它仍然经营着烤面包和咖啡，借助着许瓦岑巴赫家族的名声，在1998年又开了一座附属的自助餐厅。顾客们可以先在自助餐厅中品尝，再回到商店购买，或者以相反的方式，购买食品之后到自助餐厅中用餐。咖啡馆并不大，一间大约30平方米的店面，当作自助餐厅和饮品沙龙，下一层同样尺寸的地下室内设有卫生间和一个小储藏间。

➡ **设计：** 斯蒂芬·兹维克
Stefan Zwicky

➡ **摄影：** ©海因兹·安格尔
Heinz Unger

➡ **地点：** 瑞士 苏黎世

在有限的空间内，许瓦岑巴赫咖啡馆尽量有效地组织和分割了服务空间，提供了方便、美味的食品。

⋮ 巴兰兹咖啡厅/Balanz Café

➜ 一进入巴兰兹咖啡厅，顾客会立刻感受到带有启迪意味的五光十色的色彩和欢乐的场面。它的设计吸收了折衷主义和现代元素，融合了各种质地、材料和绚丽色彩，这一风格恰恰是该咖啡厅最具号召力的特色。位于迈阿密海滩之中的巴兰兹咖啡厅，处在一个游人如梭的地区，周围遍布繁华的商业、博彩及文化场所，室内装饰营造出一种独特的视觉交互，形成这样一个站在现代潮流浪头上的室内空间。巴兰兹咖啡厅是一个有趣的地方，清新、富有想像力，而且非常实用。

➜ **设计**：斯德利场地设计公司　　　　　➜ **摄影**：© 派帕·伊斯考达
　　　Sedley Place Designers　　　　　　　　　Pep Escoda

➜ **地点**：美国 迈阿密

半圆形咖啡厅内的大镜子反映出大半个室内空间。这里分为两个区域：咖啡厅和休息区。

ZITO 双子座丛书

这套"双子座"建筑艺术丛书极其注重内容上的对比性，揭示了艺术领域中许多对立而又相互依托的有趣现象。它既讨论了建筑界各种设计风格之间的比较，也分析了建筑界与跨领域学科之间的联系与对比。它们全新的视角尤其值得注意，在著名建筑师与画家之间展开了别开生面的比较，以3个部分进行阐述，建筑师和画家各自生平简介以及主要作品的赏析各占一个部分，第三个部分则是对两位艺术家所创作的艺术形象及其艺术理念的比较。每册定价38元。

极繁主义建筑设计

极简主义建筑设计

瓦格纳与克里姆特

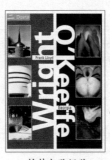

赖特与欧姬芙

米罗与塞尔特

达利与高迪

里特维尔德与蒙特利安

格罗皮乌斯与凯利